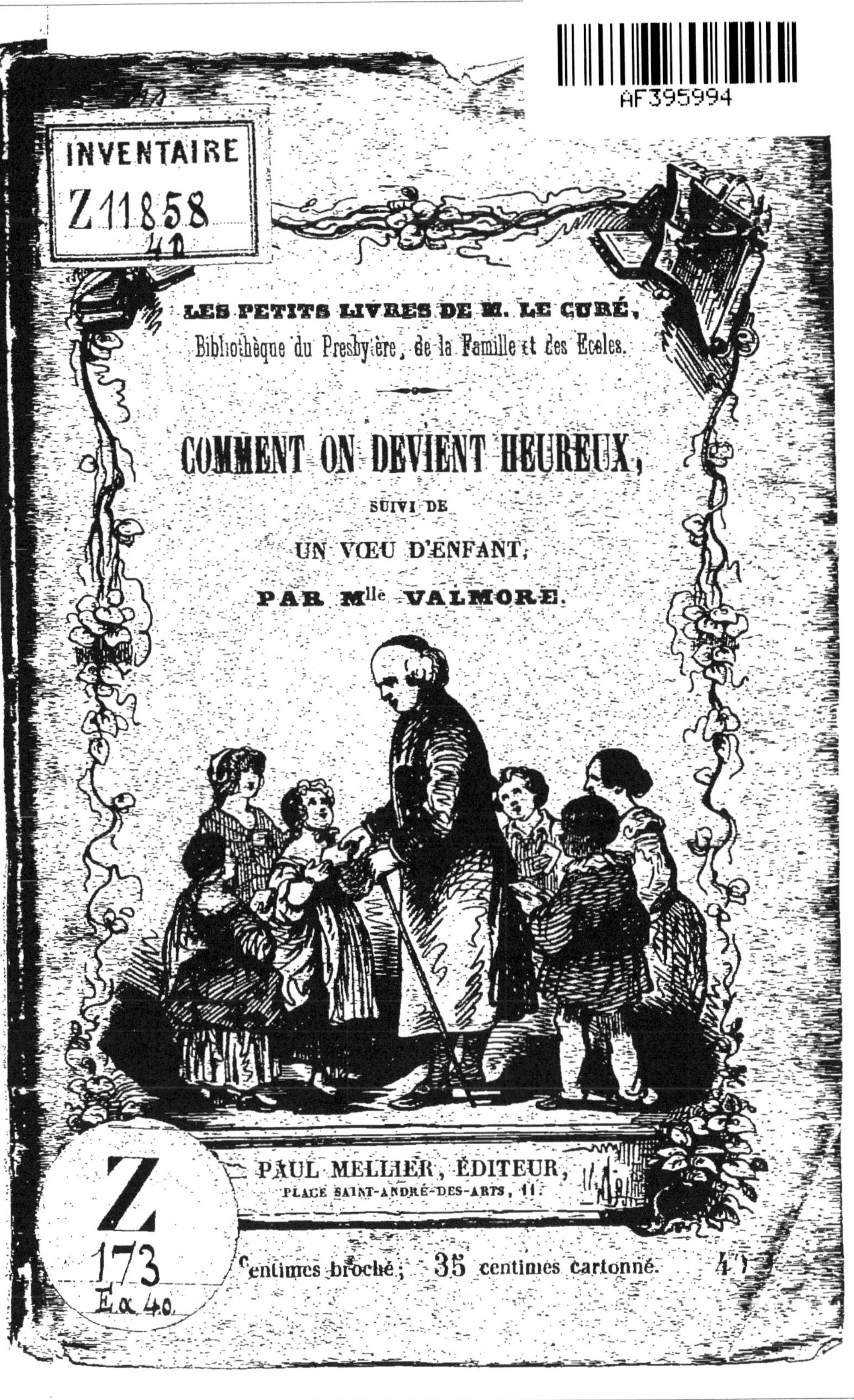

LES PETITS LIVRES DE M. LE CURÉ,

Bibliothèque du Presbytère, de la Famille et des Écoles.

COMMENT ON DEVIENT HEUREUX,

SUIVI DE

UN VŒU D'ENFANT;

PAR Mlle VALMORE.

PAUL MELLIER, ÉDITEUR,
PLACE SAINT-ANDRÉ-DES-ARTS, 11.

centimes broché; 35 centimes cartonné.

DENIS-AUGUSTE AFFRE, par la miséricorde divine et la grâce du Saint-Siége Apostolique, Archevêque de Paris.

MM. Plon, et Paul Mellier, éditeurs, ayant soumis à notre approbation les ouvrages ci-dessous indiqués, faisant partie d'une collection ayant pour titre : LES PETITS LIVRES DE M. LE CURÉ, BIBLIOTHÈQUE DU PRESBYTÈRE, DE LA FAMILLE ET DES ÉCOLES, savoir : *Histoire de Saint Vincent de Paul*, 1 vol.; *Histoire de Sainte Geneviève*, 1 vol.; *l'Habitant des Ruines*, 1 vol.; *le Contre-Maître*, 1 vol.; *le Père Lejeune*, 1 vol.; *Comment on devient heureux*, 1 vol.; *la Visite aux Prisonniers*, 1 vol.; *les Pains de six livres*, 1 vol.; *les Péchés capitaux*, 2 vol.,

Nous les avons fait examiner, et, sur le rapport qui nous en a été fait, nous avons cru qu'ils pouvaient offrir aux personnes auxquelles ils sont destinés une lecture intéressante et sans danger.

Donné à Paris, sous le seing de notre Vicaire-Général, le sceau de nos armes et le contre-seing de notre Secrétaire, le quatorze mars mil huit cent quarante-quatre.

F. DUPANLOUP,

Vicaire-général.

Par Mandement de Monseigneur
l'Archevêque de Paris :

E. HIRON,

Chanoine honoraire, pro-secrétaire.

LES
PETITS LIVRES DE M. LE CURÉ,

BIBLIOTHÈQUE
du Presbytère, de la Famille et des Écoles,

COMMENT
ON DEVIENT HEUREUX,

SUIVI DE

UN VOEU D'ENFANT.

PAR
Mlle VALMORE.

PARIS,

CHEZ PAUL MELLIER, LIBRAIRE-ÉDITEUR,
PLACE SAINT-ANDRÉ-DES-ARTS, 11.

1844

IMPRIMÉ PAR BÉTHUNE ET PLON, A PARIS.

COMMENT

ON DEVIENT HEUREUX.

COMMENT ON DEVIENT HEUREUX.

CHAPITRE PREMIER.

On parle du château.

Deux enfants bien sages habitaient une jolie chaumière. Jean et Maurice (c'étaient leurs noms) étaient les plus heureux enfants du

monde. Ils étaient tendrement aimés de leur

parents et de leurs camarades; ils trouvaient dans les champs des fleurs fraîches et brillantes; ils avaient deux petits agneaux qui les suivaient partout et qui étaient blancs comme la neige; ils mangeaient de bonnes galettes faites par leur mère. Enfin tous les jours étaient pour eux des jours de fête. On était joyeux rien qu'à les voir, tant ils paraissaient gais et contents.

Deux autres enfants habitaient une chaumière voisine. Joseph et Robert étaient bien loin d'être heureux : ils étaient constamment grondés par leurs parents ou battus par leurs camarades; ils ne savaient trouver dans les champs que des fleurs fanées; leur chien était farouche et méchant. Ils n'avaient, la plupart du temps, que du pain noir à manger; tous les jours leur paraissaient tristes, et, si vous aviez vu leurs visages pâles et maigres, qui ne riaient presque jamais, vous auriez dit : « Ah! que ces enfants ont l'air malheureux! »

Je vous ai dit que Jean et Maurice (les enfants sages) étaient aimés de tous leurs camarades; je n'aurais pas dû dire *tous*, car Joseph et Robert les détestaient. Rien ne faisait plus de peine à ces deux petits garçons que d'entendre parler du bonheur de leurs voisins, et les éloges qu'on donnait à leur sagesse et à leur bon cœur leur inspiraient une grande colère et une grande envie. Cependant les deux bons frères étaient les seuls enfants du village qui ne les eussent jamais battus.

Un soir d'été, tous les bestiaux venaient de rentrer, et les habitants du village prenaient le frais sous les arbres de la place, quand les conversations furent interrompues par le bruit du galop de plusieurs chevaux. Ce bruit approchait de plus en plus, et, comme le village est très-loin des grandes routes, tout le monde s'étonna. On se demandait ce que ce pouvait être, quand un carrosse magnifique, suivi de six laquais à cheval, arriva sur la place et s'y arrêta. Un beau vieillard, vêtu comme un grand seigneur, en descendit soutenu par deux serviteurs.

Le vieillard s'approcha des paysans, qui avaient tous respectueusement ôté leurs bonnets, et demanda le père Claude (c'était un très-riche fermier qui avait autrefois été un soldat très-brave). Le fermier s'avança pour répondre, mais il n'eut pas plutôt regardé le vieux seigneur qu'il s'écria : « Quoi! c'est vous, monsieur le gouverneur !

— Moi-même, répondit le vieillard; j'accompagne le prince, que le roi son père envoie passer quelques mois dans le château qui est à un quart de lieue d'ici. Le roi s'est rappelé les services que vous lui avez rendus dans les guerres, et c'est à vous qu'il confie le soin de nous pourvoir des provisions nécessaires pendant notre séjour. Voulez-vous envoyer dès demain au château ? »

Le père Claude répondit qu'il était trop heureux d'être employé au service du roi, et promit d'aller lui-même le lendemain porter au château tout ce qu'on désirerait.

« Si cela était possible, reprit le gouverneur, je désirerais vous y voir ce soir même ; vous sauriez mieux ce qu'il nous manque.

— J'y serai dans une heure, » répondit le fermier.

Le gouverneur le remercia de son zèle, et, après l'avoir assuré de la reconnaissance du roi, remonta promptement en carrosse.

Tant que le gouverneur avait été là, le respect avait empêché les paysans d'ouvrir la bouche ; mais sitôt que le carrosse fut hors de vue, ils commencèrent à parler tous à la fois. Qu'allait-on faire pour honorer le prince ? Comment lui marquerait-on l'affection que l'on avait pour lui ? Resterait-il long-temps ? Le père Claude était bien heureux de l'aller voir, etc., etc.

« Allons, dit le père Claude en interrompant

toutes les exclamations; allons, mes amis, je vais préparer les fruits et les légumes de mes jardins; apportez-moi ce que vous aurez de plus beau, et j'offrirai tout cela au prince de notre part à tous. »

Chacun s'empressa de courir à son verger, et le père Claude s'en allait aussi, quand les enfants du village, qui avaient été muets jusqu'alors, l'entourèrent en criant :

« Père Claude, nous voulons aussi donner quelque chose au fils du roi! Emmenez-nous, nous voulons le voir! » Et toute la troupe s'attachait à lui, chaque enfant criant : « Emmenez-moi! — Non, moi! — Moi! moi!

— Je ne puis pourtant pas emmener tout le monde, répondit le père Claude sitôt qu'il put obtenir un moment de silence. C'est tout au plus si je pourrai me permettre de conduire deux d'entre vous; mais comme je ne peux pas choisir, et que je ne veux pas que ce soit le sort qui décide, soyez tous prêts demain matin au lever du soleil, et apportez chacun un bouquet. J'emmènerai les deux garçons dont les bouquets seront les plus beaux. »

Les cris recommencèrent. Cette fois on cria de joie; mais, dans l'élan de leur bonheur, les enfants se mirent à suivre le père Claude en poussant des acclamations si bruyantes que le bon fermier regagna sa maison en courant, collant ses deux mains sur ses oreilles.

Il n'en fut pas sitôt quitte; et, quand il reparut quelques minutes après, traversant la place pour se rendre au château, les cris recommencèrent de plus belle. Dix ou douze des plus enthousiasmés le suivirent à quelque distance du village. Le père Claude s'évertuait en vain à leur dire qu'il n'avait pas besoin de cette escorte. Sa voix n'était point entendue au milieu des voix tumultueuses des petits garçons.

Enfin, à force de s'enrouer, les plus ardents se calmèrent, le fermier continua sa route, et chacun, la voix plus ou moins altérée, regagna le village. La fatigue les rendant raisonnables pour quelque temps, on parla sérieusement et longuement du lendemain. Chacun se promettait tout bas de l'emporter sur les autres. Les deux frères malheureux, Joseph et Robert, se le promirent d'autant plus qu'ils étaient plus forts et qu'ils pourraient marcher plus loin que les autres pour chercher dans les bois les plus belles fleurs. Chacun parla long-temps de ses espérances; puis, comme on ne pouvait pas toujours faire la même chose, on se mit à jouer.

Jean et Maurice ne voulurent pas se mêler

au jeu. On s'étonna : ils y étaient ordinaire-
ment les premiers ; mais, en quittant leurs
camarades, ils s'excusèrent en disant qu'ils
voulaient se reposer afin d'être plus dispos le
lendemain.

Quelques petits garçons, trouvant l'idée
bonne, voulurent les imiter et quitter le jeu ;
mais Joseph leur persuada de n'en rien faire.
« Il vaut mieux nous exercer, dit-il ; cela nous
donnera de la force pour demain. »

Ils jouèrent donc ; Robert proposa les jeux
les plus fatigants, et les enfants s'en donnèrent
de tout leur cœur. Le temps paraissait voler,
tant il passait vite. Cependant Joseph commen-
çait à se lasser ; au plus fort du jeu, il tira son
frère par son habit et lui dit :

« Allons-nous en, je n'en puis plus. Bien
sûr nous ne pourrons pas nous éveiller demain avec le soleil.

— Laisse-moi donc faire, repartit l'aîné
tout bas et mystérieusement. Tu ne vois donc
pas mon projet ? je veux les fatiguer de telle
façon qu'ils ne puissent plus courir les champs
demain matin ; nous, qui sommes plus forts,
nous supporterons plus de fatigue. »

Joseph, convaincu, se remit en train. Il
imita son frère, c'est-à-dire qu'il se donna le

moins de mouvement possible tout en poussant ses camarades à s'en donner beaucoup. Enfin ce ne fut que très-tard que tous les petits garçons, bien las et bien harassés, rentrèrent dans leurs chaumières pour se coucher.

CHAPITRE II.

Ceux qui vont au château.

Le lendemain matin, dès l'aube, pendant que tout le village sommeillait encore profondément, Jean et Maurice, bien reposés par une nuit excellente, se levèrent avant le soleil et, après avoir fait leur prière, se mirent à courir à travers champs pour cueillir leurs bouquets. Les fleurs s'entr'ouvraient à peine, et ils les cueillirent tout humides de rosée. Ils prirent tout ce qu'ils trouvèrent de plus beau, et formèrent presque sans peine deux bouquets charmants. Alors, sans perdre de temps, ils se mirent en marche pour rentrer au village. Leurs deux agneaux, qui les suivaient partout, avaient fait partie de cette promenade, et bondissaient derrière eux tout en broutant çà et là quelques herbes tendres.

Craignant d'être devancés par leurs voisins, Joseph et Robert ne s'étaient pas couchés ; ils avaient passé la nuit dans un hangar ouvert, afin de voir les premières lueurs de l'aube et de partir aussitôt pour les champs. Ils se tinrent éveillés avec beaucoup de peine, mais enfin, au moment où les étoiles commençaient à pâlir, la fatigue l'emporta et ils s'endormirent.

En s'éveillant, la clarté de l'aurore frappa leurs yeux.

« Mon Dieu ! mon Dieu ! dépêchons-nous ! cria Joseph avec douleur. » Et ils s'élancent précipitamment hors du village, ne se donnant pas le temps de rajuster leurs habits ; encore moins de faire leur prière.

Ce fut en vain ; les plus belles fleurs étaient enlevées. Plus rien que des boutons ou des fleurs fanées. Il était trop tard pour aller au bois ! Ils s'assirent profondément découragés.

« — Ne pleure pas, s'écria tout à coup Robert en essuyant les larmes que le dépit faisait verser à Joseph. Ne pleure pas ; j'ai une idée !

— Ah oui ! elles sont bonnes, tes idées ! répondit le plus jeune d'un ton de reproche.

— Écoute toujours ! continua Robert, dont les yeux brillaient comme s'il eût déjà été sûr de réussir. Jean et Maurice nous ont devancés, ils ont sans doute des bouquets superbes. Allons les leur prendre et le père Claude nous emmènera.

« — Et comment les prendre sans qu'on puisse nous accuser ?

— Chut ! je les vois qui détournent le sentier ; courons, et point de bruit : je vais tout te dire. »

Les deux méchants frères retournèrent en courant vers le village, et reparurent un instant après, tirant après eux Rustan, leur chien, qui grognait sourdement, paraissant fort mécontent de cette course forcée. Ils se cachèrent tous trois derrière un bouquet d'arbres qui bordait la route.

« Je vais exciter Rustan, dit à voix basse Robert tout essoufflé, et je le lâcherai sur les agneaux des voisins ; comme le chien est méchant, les voisins seront effrayés du danger de leurs bêtes : ils voudront les défendre ; pour cela ils déposeront leurs bouquets. Nous profiterons de ce moment pour emporter les fleurs ; nous ne serons point vus, et nous laisserons les voisins aux prises avec Rustan.

— Ça va ! ça va ! dit Joseph enthousiasmé. Attention, ils approchent ! »

En effet, les deux joyeux enfants s'avançaient d'un pas pressé, causant entre eux de leur espérance.

« C'est le moment ! dit tout bas Robert ; et, ouvrant les branches des arbrisseaux, il préparait le passage du chien, quand Joseph, pour l'exciter davantage, le frappa violemment. Rustan, naturellement très-méchant, devint féroce, et de la contrainte qu'il avait subie et du coup qu'il recevait ; mais sa colère ne tomba pas sur les agneaux. Il se retourna les yeux étincelants de fureur, et, se précipitant sur Joseph, il le fit tomber à terre ; puis il s'enfuit à toutes jambes, laissant aux mains de son maître la trace sanglante de ses dents.

Joseph poussa un cri de douleur. Robert, plein de colère et d'effroi, l'aida à se relever, mais pas assez promptement pour que les deux bons frères, accourus au cri, n'aient eu le temps de voir Joseph étendu dans la boue.

« Ah ! mes pauvres voisins ! que vous arrive t-il ! s'écria Maurice en cherchant à aider Joseph.

— Laissez-nous, méchants garçons ! s'écria Robert, qui les repoussa rudement. Vous êtes cause de tous nos malheurs ! Allez-vous-en ! allez-vous-en ! »

Jean et Maurice furent obligés de s'éloigner ; ils continuèrent leur chemin attristés de cet événement, mais sans comprendre la cause de l'inimitié de Robert. Comme ils entraient dans le village, ils virent le père Claude qui attelait deux puissants chevaux à une belle charrette pleine des plus beaux fruits et des légumes les plus frais.

« Vous êtes les premiers arrivés, dit le père Claude en les apercevant. Comme vos bouquets sont très-jolis, et que d'ailleurs je n'ai pas le temps d'attendre le choix, je vous emmène. En route, en route ! »

Les deux frères embrassèrent leur mère, et montèrent joyeusement près du fermier. Comme la charrette se mettait en marche, le bruit des chevaux éveilla quelques enfants qui sortirent en hâte de leur chaumière, hélas ! juste à temps pour voir partir la voiture. Joseph et Robert, qui revenaient à pas lents, la rencontrèrent tout près du village. Le père Claude leur cria :

« Eh bien, paresseux ! ce sera pour une autre fois.

— Patience ! répondit Robert entre ses dents, patience ! nous nous vengerons ! »

Mais ni le père Claude ni nos deux amis n'entendirent cette menace.

CHAPITRE III.

Ce qui se passe au château.

Après un quart d'heure de route, la charrette s'arrêta à la grille du château, et quelques domestiques la firent entrer dans une cour où l'herbe haute croissait en tout sens. Ce château était inhabité depuis si long-temps, et à la garde d'un concierge si vieux, que tout y était presque abandonné. Aussi les herbes poussaient-elles pêle-mêle, sans choix, sans ordre ; les épines avec les marguerites, les trèfles avec les orties. Il était encore de si bonne heure que les domestiques n'avaient fait disparaître aucune trace d'abandon.

On déchargeait les provisions ; Jean et Maurice aidaient le père Claude, lorsque le gouverneur, qui les avait aperçus de loin, vint adresser quelques mots au fermier. La figure calme et bienveillante du vieux seigneur n'intimida pas les enfants ; ils parurent si joyeux et si empressés, que le gouverneur sourit et demanda s'ils ne seraient pas bien aises de voir le prince.

« Oh ! si nous pouvions seulement lui donner ces bouquets ! dit Maurice d'un ton de prière, en courant chercher les fleurs qu'il avait abritées derrière un tas de légumes.

— Allons ! dit le gouverneur, puisque vous êtes en compagnie du père Claude, vous devez être de bons garçons. Suivez-moi ; je pense que le prince recevra vos bouquets avec joie. »

Moitié tremblants, moitié hardis, les deux frères suivirent le vieux seigneur, qui les conduisit dans le jardin. Là, comme partout, régnait le désordre des champs. Tout croissait en compagnie : les plantes de toutes sortes avaient si bien profité de la permission de pousser à leur guise, que l'endroit où devaient se trouver les sentiers ne se distinguait pas du reste. Les enfants y firent peu d'attention. L'idée de se trouver tout à l'heure en face du prince leur ôtait toute hardiesse ; en sorte que de si loin qu'ils l'aperçurent, ils furent tellement intimidés, qu'ils souhaitèrent presque pouvoir s'enfuir. Mais cette frayeur dura peu. Dès qu'ils le virent, ils l'aimèrent et n'eurent plus peur.

Le prince, qui paraissait avoir environ douze ans, était assis sur une petite pelouse où il jouait avec les herbes, quand il vit de loin arriver son gouverneur et les deux petits garçons. Il se leva aussitôt, vint au-devant d'eux sans paraître surpris de la visite et, en s'approchant, leur montra un visage si doux, si beau, que les deux frères ne songèrent qu'à être heureux de le voir.

« Prince, dit le gouverneur, voilà deux enfants qui vous apportent des fleurs et qui ont désiré vous voir.

— Ah ! je les connais, s'écria le prince d'un ton affectueux. Je vous remercie, mon cher

gouverneur, de les avoir amenés. Permettez-
vous qu'ils passent la journée avec moi?

— Comment, il nous connaît! se dirent à
eux-mêmes les deux enfants, au comble de la
surprise. »

Le gouverneur, ayant accordé la permission,
sourit aux enfants et retourna au château.

« Maurice, reprit le prince en s'adressant
au petit paysan, je suis content que tu sois venu.
Tu vas m'aider à défricher mon jardin. Vous
êtes deux bons garçons, et j'étais bien sûr que

vous seriez les plus habiles à m'apporter un bouquet ce matin. »

Cependant, ni Jean ni Maurice n'osaient répondre : ils étaient confondus. Le prince savait ce qui s'était passé et les appelait par leurs noms.

Les voyant silencieux et embarrassés, le prince s'approcha davantage :

« Craignez-vous donc qu'on ne vous connaisse, dit-il gaiement, et avez-vous peur qu'on ne découvre vos méchantes actions ! Allons ! reprit-il après un court silence, venez visiter le château, et commençons par les jardins. »

Les deux enfants le suivirent, plus enhardis mais toujours muets. Après une assez longue promenade, pendant laquelle le prince parla presque seul, on arriva près d'un mur exposé au midi. La trace d'une plate-bande était encore visible. « Voilà mon jardin, dit le prince, vous m'aiderez à l'arranger. »

Jean et Maurice travaillaient quelquefois dans le jardin de leur père et avaient toujours été très-attentifs aux leçons des meilleurs jardiniers du village. Ils acceptèrent la tâche avec joie : c'était pour eux le jeu le plus amusant. Ils commencèrent par arracher les herbes inutiles avec une adresse et une promptitude qui charmèrent le prince. Puis ils firent de petites allées, préparèrent des plates-bandes selon le désir et à la grande joie du petit prince. Tout se faisait sans embarras, comme en jouant; pourtant les petits travailleurs, tout gais qu'ils étaient, n'osaient pas encore parler. L'idée d'être connus du prince avant que de l'avoir jamais vu leur inspirait une sorte de crainte; tous les contes de fées leur revenaient en mémoire, ils se croyaient presque en présence d'un génie mystérieux. Enfin Jean le premier prit la parole : ce fut à propos d'une plante que le prince voulait arracher comme inutile. Jean s'y opposa, parce qu'il reconnut qu'elle devait plus tard donner de belles fleurs. Une parole dite en fait dire une autre; et puis le prince était si bon, si doux; tout ce qu'il disait était si charmant qu'on répondait sans presque s'en apercevoir. Je ne vous redirai pas tout ce qu'il leur raconta pendant leur promenade et leur travail, mais c'étaient des choses merveilleuses et nouvelles dont les enfants étaient ravis. Enfin, le temps passait avec tant de rapidité, que, lorsqu'il fut midi, on croyait à peine être à neuf heures. Le prince s'aperçut le premier que le soleil était fort haut.

« Il faut rentrer, dit-il ; nous avons déjà bien

avancé notre ouvrage, encore une matinée de travail et tout sera fini. Vous reviendrez demain, n'est-ce pas? »

Jean et Maurice rougirent de joie et répondirent *oui* avec tant d'empressement, que le prince sourit d'un air d'affection et de plaisir.

« Vous ne me prendrez donc plus pour une fée déguisée? » dit-il gaiement à Jean.

Les deux petits garçons s'entre-regardèrent tout surpris, comme se disant : Il a vu ce que nous pensions.

Une collation très-jolie attendait les petits jardiniers. Malgré l'appréhension des fées, ils mangèrent de fort bon appétit : la douceur du prince les rassurait malgré tout, et l'affection qu'ils avaient pour lui bannissait leur crainte.

Ils promirent de venir le lendemain de très-bonne heure, et le cœur plein d'espérance et de joie, ils retournèrent au village.

CHAPITRE IV.

Retour au village.

« C'est singulier, dit Maurice ; je sais qu'il ne faut pas croire aux fées, mais je voudrais bien qu'on pût m'expliquer comment le prince a su mon nom, et qui lui a dit de quelle manière nous avons mérité de venir au château.

— Je cherche à deviner, répondit Jean, je ne peux pas. Je ne pensais qu'à cela pendant que ce charmant prince nous parlait ; aussi il ne me venait jamais rien à lui répondre.

— Ah! ah! j'ai deviné, j'ai deviné! cria tout à coup Maurice en frappant dans ses mains; ah! ah! le père Claude est le génie! ah! ah!

— Quoi! que dis-tu? Explique-toi donc? demanda Jean, plein de curiosité. Voyons, parle! »

Mais Maurice ne faisait que rire, que taper ses mains l'une contre l'autre et que répéter : « Étions-nous fous !... le père Claude ! le père Claude !...

— Je n'y comprends rien, » dit Jean.

Enfin, quand le rire de Maurice fut un peu calmé :

« Jean, dit-il, tu sais qu'hier soir le père Claude est allé au château.

— Eh bien !

— Eh bien, avant de partir, il nous avait déjà promis d'emmener ceux qui auraient les deux plus beaux bouquets ; il aura redit cela au château. Voilà pourquoi le prince nous a dit : Je suis content que vous ayez été les plus habiles. Comprends-tu ? »

Jean hocha la tête d'un air de doute.

« Comment, comment ! dit Maurice ; est-ce que tu crois que ce n'est pas cela ?

— Tu n'expliques pas tout. Comment a-t-il su que ceux qui l'avaient emporté s'appelaient Jean et Maurice ? Le père Claude n'est pas allé au château avant nous ce matin.

— C'est vrai, ça, dit Maurice d'un air pensif... Mais, continua-t-il vivement, tiens ! voilà le père Claude qui passe, allons lui demander ce qu'il en pense. »

Le père Claude, en effet, traversait la route.
Les deux enfants coururent à lui : Jean raconta
d'abord toute la joie qu'ils avaient eue, puis
combien le prince avait été bon, puis enfin comment il avait su d'abord leurs noms.

« Racontez-nous ce que vous savez de lui ?
demanda-t-il.

— Je suis un peu pressé, dit le fermier. Si
vous voulez me suivre au village, je vous expli-
querai tout cela chemin faisant. »

Ils se mirent tous trois en marche.

« Le prince Henri, que vous venez de voir,
dit le fermier, est un petit prince charmant et
plein de bonnes qualités. Quand j'étais mili-
taire, il y a peu d'années, je l'ai vu qui déjà
tout enfant se faisait aimer de tout le monde :
il était très-bon et très-juste. Son gouverneur, qui a toute puissance sur lui, le laisse
pourtant entièrement libre, sachant qu'il fera
toujours bon usage de sa liberté. Quand le
prince Henri est à la cour, c'est toujours lui
qui est juge dans les querelles qui surviennent
entre les petits seigneurs, et il l'est toujours
avec autant d'affection que de justice. Comme
il s'était dernièrement un peu fatigué dans ses
études, le roi son père l'a envoyé au château

d'où vous venez, pour y prendre quelque temps de repos.

— Oh! j'étais bien sûr, dit Maurice, qu'il était bon et sage; je l'ai aimé de suite.

— Hier, continua le fermier, quand je suis allé au château, le prince Henri m'a demandé s'il y avait de bons petits garçons dans le village. Je lui ai répondu que j'en connaissais deux que tout le monde aimait.»

Ici le fermier s'arrêta pour regarder en souriant ses deux compagnons de route.

Maurice rougit et demanda : « Et après?

— Après, continua le père Claude en reprenant sa marche ; après, je lui ai dit que tous les enfants du village voulant le voir, j'avais proposé une épreuve, afin de ne lui amener que les plus prudents et les moins paresseux, et que j'étais sûr que mes deux petits amis, Jean (et le fermier regarda l'aîné) et Maurice (et il prit la main du plus jeune), l'emporteraient assurément.

— Voyez-vous ça ! s'écria Maurice d'un ton joyeux et tendre en pressant de toute sa force la grosse main du fermier ; voyez-vous ça ! nous ne vous avons pas fait mentir.

Là-dessus, comme on était arrivé près de la ferme du père Claude, celui-ci embrassa les

deux frères et leur souhaita un heureux lendemain.

Tous les enfants du village attendaient Jean
et Maurice sur la grande place. Dès qu'ils parurent, ce fut un brouhaha, un déluge de ques-
tions à n'en plus finir. Il faut dire que, malgré
le chagrin de n'avoir point été de la partie,
c'était sans rancune et sans envie que les petits
garçons avaient vu partir Jean et Maurice. On
les aimait tant !

Il fallut tout raconter ; la bande curieuse se
sépara en deux groupes, chacun s'emparant
d'un des deux frères et questionnant, questionnant.

Quand la curiosite fut à moitié satisfaite :

« Et Joseph et Robert, demandèrent les petits garçons ; pourquoi ne sont-ils pas ici ?

— Je les ai vus ce matin, quand ils ren-
traient, dit un petit. Joseph avait ses habits
pleins de boue et sa main en sang. Robert m'a
dit qu'il s'était fait cela en tombant.

— Joseph est peut-être malade, dit Jean.
Veux-tu venir, Maurice, nous allons savoir. »

Les petits garçons voulurent s'opposer au
départ de leurs favoris ; mais comme ceux-ci
promirent de revenir bientôt, on les laissa
aller.

Les deux frères eurent bientôt atteint la chaumière de Robert. Ils frappèrent : personne ne répondit.

« Tout le monde est aux champs, dit Maurice.

— Robert n'y va jamais à cette heure, » dit Jean.

Ils pénétrèrent dans le jardin ; et, détournant une petite allée de groseilliers, ils se trouvèrent en face de Robert et Joseph qui causaient ensemble assis près d'un arbre.

A leur approche, Robert se leva et pâlit.

« Que venez-vous faire ici ? dit-il en s'approchant d'eux, les dents serrées et l'air irrité. Vous venez faire parade de votre triomphe pour nous humilier, nous faire de la peine. Vous êtes méchants ; laissez nous !

— Robert, répondit doucement Maurice, nous ne sommes pas venus pour vous faire de la peine, mais pour savoir comment va Joseph, qui est tombé ce matin.

— Va-t'en ! va-t'en ! s'écria Robert, plus irrité encore par le souvenir de leur mésaventure du matin, va-t'en ! tu es cause de tous nos malheurs. »

Les deux enfants quittèrent le jardin, affligés, mais non surpris de la colère de leurs voisins.

Le soir même, comme Jean et Maurice étaient devant la porte de leur chaumière, préparant des graines de toutes sortes qu'ils voulaient porter le lendemain au petit prince, un enfant du village accourut vers eux tout essoufflé.

«Je viens de voir un grand beau domestique, dit-il, qui m'a dit : Cherche les deux garçons qui sont venus ce matin au château, et dis-leur que le prince ne veut pas les voir demain.

— Est-il possible? s'écria Maurice. Il a dit que le prince ne *veut* pas nous voir!

— Il faut bien que ce soit possible, répondit Nicole vivement et d'un air fâché, puisque je te le dis. Je ne mens pas! »

Et là-dessus il s'enfuit à toutes jambes.

« Nos camarades ne nous aiment plus, dit Jean avec tristesse. Vois, Maurice, comme ils sont tous irrités contre nous.

— Tous! reprit Maurice avec vivacité; et qui donc, s'il te plaît? Joseph et Robert, qui n'aiment personne, et Nicole, qui est toujours de leur avis. Ce n'est pas ça qui m'afflige; mais c'est que le prince ait fait dire qu'il ne *veut* pas nous voir. Car, enfin, ajouta-t-il les larmes aux yeux, quand on ne *veut* pas voir quelqu'un c'est qu'on est fâché contre lui.

— Non, Maurice, dit Jean d'un air convaincu: le prince ne peut pas être fâché contre nous, puisque nous n'avons rien fait pour lui déplaire : il n'a pas le temps de jouer au jardin, voilà tout. »

Malgré cette assurance pleine de consolation, les deux frères se couchèrent ce soir-là moins gais qu'ils n'avaient été la veille.

CHAPITRE V.

Encore au château.

Dès l'aube, pourtant, ils étaient levés ; ils étaient dans les champs et cueillaient des fleurs.

« Pour quoi faire ? dit Maurice en jetant un regard de regret sur le plus charmant bouquet qu'il eût jamais fait, pour quoi faire ? puisque nous ne pourrons pas le donner au prince Henri ?

— Pourquoi pas ? dit Jean ; nous pouvons les porter au château, et demander qu'on les lui donne pour nous.

— Non, dit Maurice, puisqu'il a dit qu'il ne fallait pas y aller. »

Et ils continuèrent silencieusement leur promenade.

« J'ai une pensée qui me tourmente, dit Jean après un moment d'hésitation ; mais je ne sais si j'y dois croire... Ce serait si mal !... Non, vraiment, ce n'est pas possible !

— Ah, mon frère ! je suis sûr que tu as la pensée qui me poursuit depuis une heure.

— Crois-tu ? dit l'aîné en regardant son frère d'un air inquisiteur.

— Écoute, reprit Maurice, elle ne me serait

pas venue, si je ne savais pas que quelquefois Robert est capable de pareilles choses. Je n'osais vraiment pas t'en parler; mais, puisque tu l'as eue aussi, il faut savoir si nous avons tort. Viens ! »

Tout en courant, ils arrivèrent sur la place, où Nicole jouait aux barres. En voyant les deux frères, Nicole rougit, et passa du côté où il y avait le plus de monde.

Maurice s'approcha de lui et le prit par le bras : « J'ai à te parler, » dit-il.

Nicole voulut repousser le bras de Maurice ; mais Jean prit son autre main et l'emmena hors du jeu.

Quand ils furent assez loin :

« Nicole, dit Jean, où étais-tu hier quand le domestique t'a parlé ?

— Laisse-moi donc aller, dit Nicole en faisant toujours effort pour se dégager. Est-ce que je me rappelle, moi !

— Il faut que tu me le dises, insista J'ean ; nous avons besoin de le savoir. Où l'as-tu vu ?

— Ce n'est pas moi qui l'ai vu. On m'a dit qu'il était venu, et qu'il avait dit ce que j'ai été te redire.

— Qui, *on ?* demanda Maurice.

— Voyons ! est-ce que tu ne me crois pas ? dit Nicole de plus en plus embarrassé.

— Non ! dit Maurice d'un ton ferme ; je ne te croirai pas si tu ne t'expliques pas. Tu nous as dit hier que le domestique t'avait parlé ; tu nous dis aujourd'hui que tu ne l'as pas vu. Qui donc t'a chargé de nous rapporter ce qu'il avait dit ?

— Qui?... Qui?... Eh bien ! c'est... c'est Joseph ! »

Les deux frères poussèrent en même temps un cri de joie. Ils lâchèrent Nicole, tout heureux d'en être quitte sitôt, et coururent à leur chaumière. En hâte, ils reprirent leurs bouquets, leurs graines, et prirent la route du château.

« Quel bonheur ! quel bonheur ! disait Jean le long du chemin.

— Quel bonheur ! disait Maurice. Ce n'était pas vrai ! »

Pendant que les deux enfants traversaient la route au plus vite, que se passait-il au château ?

Robert et Joseph, tout fiers de la ruse grossière qu'ils avaient inventée pour retenir leurs voisins au village, étaient partis de grand matin pour le château. En y arrivant, ils dirent qu'ils venaient de la part du père Claude annoncer que Jean et Maurice ne viendraient pas.

Comme ils l'avaient espéré, le prince, à qui l'on vint dire cela, voulut les voir, reçut leurs fleurs, et leur montra son jardin.

« Je suis fâché, dit-il, que vos amis ne viennent pas aujourd'hui: J'ai plusieurs plantes précieuses que le père Claude m'a apportées hier, et que je voulais faire planter ce matin. Voyez ! les voilà devant vous. Je crains qu'elles ne soient grillées par le soleil, et qu'elles ne meurent pour n'avoir pas été mises en terre assez vite. »

Robert et Joseph ne répondirent rien. Leur silence était bien différent de celui qu'avaient gardé la veille leurs petits voisins. Ils étaient troublés et gênés par leur mauvaise conscience. Tous les moyens par lesquels on pouvait découvrir leur ruse leur venaient à l'esprit, et ne leur laissaient aucun relâche pour jouir de ce qu'ils avaient si mal acheté. Les regards du prince, qui paraissait les examiner attentivement, augmentaient constamment leur embarras.

« J'avais compté sur vos camarades pour mes fleurs, dit le prince Henri ; mais, comme vous paraissez plus âgés, vous devez être aussi plus habiles, n'est-ce pas ? voulez-vous planter ces pauvres fleurs ce matin ? »

Les deux frères rougirent ; ils se sentirent de plus en plus embarrassés : tous deux, paresseux et craints partout, n'avaient jamais reçu des leçons de jardinage ; à peine savaient-ils tenir la bêche. Cependant, ils s'étaient tant avancés qu'ils n'osaient reculer. Robert prit résolument la bêche, et se mit à l'œuvre.

Tout à coup le prince jeta un cri.

Le malheureux jardinier venait de couper

avec son instrument la plante que Jean avait
voulu conserver la veille.

« Vous ne savez donc pas que cette plante
doit donner des fleurs superbes, dit le prince
vivement en ôtant la bêche des mains de l'igno-
rant. Tenez ! je suis meilleur jardinier que
vous. »

Il achevait à peine ces mots que le gouverneur parut, et dit au prince que les deux enfants de la veille venaient d'arriver, apportant
des graines et des fleurs.

« Oh ! qu'ils entrent ! cria le prince d'un air
joyeux ; ils vont achever mon jardin. »

Et, sans faire plus d'attention aux deux frères
confondus et effrayés, il courut au-devant de
ses petits jardiniers.

« Nicole a parlé, nous voilà perdus ! s'écria
Robert après un moment de silence. Ah ! les
méchants garçons ! ils sont cause de tous nos
malheurs ! »

En parlant ainsi, ses poings se crispaient de
rage.

« Maudites fleurs ! dit-il en les repoussant du
pied, nos voisins vont encore se faire valoir en
vous plantant ! Va, Joseph, il faudra bien qu'un
jour nous soyons les plus forts. »

Dans sa colère, il écrasa la plus belle fleur du père Claude.

« Eh bien! tant pis! cria Joseph, exaspéré à son tour de dépit et de désespoir ; ils ne planteront pas celles-ci au moins! »

Et il saisit brusquement les belles plantes, arrachant les feuilles, les boutons, et cassant les tiges avec tant de promptitude que Robert, qui voulut l'y aider, n'en eut pas le temps.

Ils restèrent un moment silencieux et immobiles devant les débris qu'ils regardaient avec un plaisir amer.

Tout à coup les voix de Jean et de Maurice se font entendre. Ils approchent.

« Sauvons-nous! les voilà! cria Robert, nous sommes perdus!

— Mon Dieu! dit Joseph avec douleur, tu nous as mis encore dans un bel embarras.

— Ce n'est pas le moment d'y penser, répond l'autre brusquement. Les voisins arrivent. Par où nous sauver?... Si ce mur n'est pas très-haut, nous serons bientôt sur la route!... Allons! il est trop tard pour prendre un autre chemin. »

Robert escalada le mur à l'aide d'un espalier.

« Attends-moi! attends-moi! Robert! donne-moi la main. »

Le pauvre Joseph suppliait en vain : Robert ne l'écoutait pas. Il se croyait poursuivi pour tous les domestiques du château, et la voix de son frère ne faisait que hâter sa course.

Le prince et les deux bons frères qui arrivaient virent sa fuite, et leur présence terrifia Joseph, qui cherchait à suivre son frère. Il s'arrêta dans son escalade, et resta muet et tremblant.

Le prince, après un regard jeté sur ses fleurs détruites, regarda le petit garçon fixement et sévèrement.

« Vous vous sauviez donc? dit-il. Les méchants sont lâches! »

CHAPITRE VI.

Pourtant Robert courait toujours et sans regarder derrière lui, je vous assure. Il ne pensait guère à Joseph. Ce ne fut que lorsqu'il se trouva assez loin et bien certain de n'être point poursuivi qu'il y pensa davantage. Il eut beau chercher alors à espérer que son frère aurait trouvé un autre chemin pour s'échapper, il demeura inquiet; à mesure qu'il avançait, l'inquiétude augmentait tellement que, lorsqu'il passa devant la grille du château, devant laquelle il fallait revenir pour reprendre le chemin du village, il s'y arrêta dans le désir d'apprendre quelque chose de ce qui s'était passé.

Deux domestiques causaient dans la cour; ils tournaient le dos à la route, et parlaient assez haut pour être entendus d'un peu loin.

— Oui! oui! disait l'un, le plus petit est attrapé, et l'on pourra faire un exemple. A-t-on jamais vu tant de méchanceté? Venir détruire toutes les fleurs du prince! Allez! j'espère qu'il sera puni sévèrement, celui-là; il pleure déjà comme un poltron, mais ce sera pour quelque chose, allez! on va le mettre en prison, et pour long-temps.

— Ah! mon frère! s'écria malgré lui Robert; mon frère!

— Tenez! tenez! voilà l'autre, dit le domestique en se retournant à la voix. Eh bien, gare à lui! »

Ces mots rappelèrent Robert à son propre danger; il eut peur, et, voyant le domestique accourir de son côté, il s'enfuit à toutes jambes, suffoqué par les larmes et la colère.

Mais bientôt la douleur et la fatigue l'emportèrent sur la crainte; il tomba épuisé sous un arbre, et pensa à Joseph. Robert aimait son frère : « Que va-t-on faire de lui? se dit-il avec effroi; Joseph! Joseph! je ne puis pas rentrer sans Joseph! »

Il resta quelque temps anéanti dans son chagrin, ses larmes coulèrent. « Bien sûr, bien sûr, on va le mettre en prison, pensa-t-il; peut-être on l'enverra dans les cachots de la ville, peut-être on ne le laissera plus revenir chez nous! Mon Dieu! que je suis malheureux! »

Cette fois il ne lui vint pas à la pensée d'accuser ses voisins, comme il avait toujours coutume de faire quand il lui arrivait une chose fâcheuse : il ne pensait qu'à son frère.

Tout à coup il releva sa tête, qu'il avait jusque-là tenue cachée dans ses mains.

« Mais c'est ma faute ! s'écria-t-il ; oui ! c'est ma faute ! C'est moi qui ai entraîné Joseph ! c'est moi qui ai mal fait, c'est moi qu'on doit punir ! »

Il essuya ses larmes.

« J'ai été lâche, les méchants sont lâches ! dit-il en répétant, sans le savoir, les paroles du petit prince ! j'ai eu tort, je veux qu'on me punisse ! »

Il se leva ; toute sa crainte était évanouie : une armée ne l'eût pas fait reculer. Presque en courant, il reprit le chemin du château ; l'idée de sauver son frère avait ôté à son visage ce qu'il avait l'instant d'avant de méchant et de poltron. Il sonna résolument à la grille.

« Que veux-tu ? demanda le domestique, étonné de le revoir et du changement qui paraissait s'être fait en lui.

— Je veux parler au prince, dit Robert d'une voix ferme ; conduisez-moi vers lui.

— Va-t'en, petit malheureux ! tu ne sais

donc pas que tu seras terriblement puni si tu es pris?

— Je veux parler au prince, répéta Robert; menez-moi vers lui.

— Va-t'en! ou je te chasse à coups de bâton!

— Je n'ai plus peur, dit Robert avec fierté; conduisez-moi vers le prince.

— Attends, méchant gamin, tu vas trembler! voilà M. le gouverneur; va! va! ton affaire est faite.

— Que revenez-vous faire ici? demanda sévèrement le gouverneur, qui survenait attiré par le bruit.

— Ah! monseigneur! s'écria le petit paysan en se jetant à ses pieds, c'est moi qui suis coupable, punissez-moi, et laissez partir mon frère!

— C'est l'affaire du prince, répondit le gouverneur toujours sévère; suivez-moi, nous allons voir. »

Le domestique, voyant qu'il n'avait plus rien à faire, referma la grille en murmurant quelques menaces contre les deux petits vauriens; Robert les entendit, mais continua de suivre le vieux seigneur, qui se dirigeait vers le château. En passant le seuil, le cœur du petit garçon battit violemment; il jeta un regard en arrière, comme s'il eût voulu de nouveau s'enfuir, mais il pensa à Joseph et il entra résolument.

Le gouverneur le conduisit dans une petite salle basse; Joseph s'y trouvait, seul et tristement assis dans un coin.

« Demeurez ici, dit le vieillard en se retirant, et attendez.

— Ah! Robert, on t'a donc pris aussi? dit Joseph avec surprise.

— Non! répondit son frère, je suis venu de moi-même; sais-tu ce qu'on va faire de toi?

—Je n'en sais rien, dit le petit garçon avec terreur; on m'a amené ici, et depuis je n'ai vu personne.

—Tu es en prison! dit Robert.

— En prison! mon Dieu! en prison! »

La conversation fut interrompue par l'arrivée du petit prince et des deux bons frères. Jean et Maurice semblaient peinés de la situation de leurs camarades; le visage du prince était grave, mais moins sévère que Robert ne l'avait craint.

« Pourquoi êtes-vous revenu? dit-il en s'adressant à l'aîné des méchants garçons.

— Je suis revenu pour qu'on ne punît pas Joseph; c'est moi qui suis cause de tout ce qui est arrivé : je ne veux pas qu'on punisse mon frère.

— Vous ne *voulez* pas? demanda le prince.

— Je vous en prie! répondit le petit paysan d'une voix moins fière, je vous en prie! puisque c'est moi qui ai tout fait.

— Vous êtes donc prêt à tout subir si je laisse partir votre frère?

— Tout, dit l'enfant.

— Mais s'il fallait être puni doublement.

— Monseigneur, laissez-le partir, dit Robert, je reste ! »

Joseph se jeta dans les bras de son frère : « Je ne savais pas combien tu m'aimais, dit-il en pleurant.

— Ne pourriez-vous pardonner à tous deux ? dit Maurice en regardant le prince avec instance.

— J'en aurais envie, répondit Henri, mais ils recommenceront leurs méchancetés.

— Ah ! monseigneur ! dit vivement Joseph en quittant les bras de Robert, pardonnez-lui ! je ne serai plus méchant.

— Pourquoi l'êtes-vous, Robert ? dit le prince sans répondre au plus jeune.

— Parce que tout le monde me hait, répondit l'aîné.

— Pourquoi ne vous aime-t-on pas ? »

Robert réfléchit un instant, puis répondit : « Je crois que je commence à le savoir.

— Monseigneur, pardonnez-lui ! cria Joseph, je ne serai plus méchant.

— Mais vous, Robert ? dit le prince d'un ton plein de bonté en s'approchant de celui-ci. »

Robert ne répondit pas ; sa contenance, qui jusque-là avait été assurée, devint moins ferme : il cacha sa tête dans ses mains, et les autres enfants crurent qu'il pleurait.

« Allons, Robert, dit doucement le prince, je vois que tu as assez souffert depuis ce matin ; tu ne seras pas puni davantage.

— Oh ! merci, merci, monseigneur ! crièrent à la fois Joseph, Jean et Maurice, les deux premiers en sautant de joie, le troisième en regardant le prince avec tendresse. »

Quant à Robert, il ne bougea pas.

« Hé bien, Robert, ne voulez-vous pas partir, vous êtes libre ?

— Entends-tu ? tu es libre ! es-tu content ? »

Le petit garçon découvrit alors son visage ; il n'avait pas pleuré, mais il était pâle et très-ému.

« Ah ! monseigneur ! dit-il enfin d'une voix qui ne tremblait que d'émotion, monseigneur... vous verrez !

— Je compte sur toi maintenant, dit le prince.

— Et moi je suis ton ami, dit Maurice en tendant la main à Robert.

CHAPITRE VII.

Vous voulez savoir ce qu'ils sont devenus ? mais ne pouvez-vous pas le deviner ?

A compter de ce jour, Robert changea tout à fait de conduite : fort et courageux, il devint bientôt un des meilleurs enfants du village et des plus aimés, Joseph l'imita facilement, et se fit aimer aussi. Tout changea autour d'eux, si bien qu'on les appela, comme Jean et Maurice, les enfants heureux.

Aujourd'hui, Robert est un brave et bon capitaine qui suit le prince Henri partout dans ses guerres. Joseph et Jean sont demeurés au château, qu'ils ont beaucoup embelli, et Maurice ne quitte plus le petit prince, qui est un bon roi.

UN VOEU D'ENFANT.

UN VOEU D'ENFANT.

On était au mois d'avril 1753. La ville de
Liége étincelait sous les rayons d'un soleil déjà
chaud, et les fleurs suspendues aux fenêtres
commençaient à montrer leurs boutons. Le ciel
était si beau, si pur, que tout le monde jouis-
sait de cette journée. Les hommes graves se
reposaient des longs travaux dans cette douce
joie qu'apportent les premiers jours du prin-
temps. Les fleurs s'ouvraient au soleil, et les
enfants, retenus long-temps captifs par les ge-
lées, se dédommageaient de leur oisiveté invo-
lontaire par les jeux les plus bruyants. Il eût
été difficile de demeurer seul absorbé par le
travail, quand tout était libre et se récréait,
quand tout restait suspendu comme en vacances.
Aussi le petit André, retenu par l'étude dans sa
chambre solitaire, sentait ses idées se con-
fondre; et ses yeux, qu'il voulait fixer sur son
livre, s'en détachaient sans cesse pour aller
chercher le soleil, le jardin paré des bouquets
blancs et roses des pommiers. Il lui fallait bien
de la constance pour en distraire sa pensée,

pour oublier les jeux interrompus et pour con-
tinuer une étude si difficile... au soleil !

Mais le petit André, malgré de consciencieux
efforts, depuis que son père l'avait remis aux
soins de M. de Reuckin, l'organiste de Saint-

Pierre, faisait à peine quelques progrès et avait
besoin de beaucoup travailler encore pour ne
pas frapper ce bon père d'un triste étonnement
devant son peu de science.

Ce n'était pas, il faut le dire, la manière
dont il était enseigné qui pouvait développer en

lui un goût bien prononcé pour la musique. Les arts, si beaux qu'ils soient, demandent, comme tout ce qui s'apprend, à être montrés avec douceur et patience.

Rien n'était moins doux que M. Reuckin, dont l'extérieur froid et sévère glaçait le pauvre enfant, déjà rêveur, de plus d'effroi que toutes les remontrances plus rudes de ses autres maîtres. Son esprit encore vague et profondément sensible se sentait refoulé à la seule vue de son roide mentor.

Le cœur était pourtant bien éveillé dans ce petit garçon dont le génie sommeillait encore. Il aimait sa mère, il lui aurait donné sa vie. Comme elle lui avait dit un soir : « Mon fils, sois honnête comme ton père et, pour me rendre heureuse, deviens musicien, » il s'était plongé tout entier dans la musique, sans consulter son goût; et malgré la rigidité du maître, malgré l'ennui qui accompagnait ses travaux, le courage lui revenait toujours en voyant sourire sa mère.

Enfin deux heures sonnent : c'est l'instant de ses leçons; et le petit musicien part à regret pour Saint-Pierre, où son maître l'attend déjà. Il est si ponctuel, l'organiste de Saint-Pierre, qu'André est toujours en retard. Cette fois encore, il est reçu par ces mots, hélas ! si connus :

« Allons, monsieur le paresseux ! voilà un quart d'heure que j'attends. »

André, tremblant comme à l'ordinaire, ouvrit son livre et commença l'effrayante leçon. Le soleil, qui venait jouer sur les pages musicales et sur le clavier, lui parlait bien de joie et de liberté ; mais lui, courageux cette fois, n'écoutait que le maître, auquel il répondait presque toujours bien. Celui-ci en avait presque souri (chose incroyable !), quand un oiseau vint se poser en chantant sur la fenêtre. Adieu l'étude ! adieu l'attention ! La voix de l'oiseau, plus harmonieuse que celle de M. Reuckin, emportait l'écolier bien loin de la leçon ; et rien ne put rallier ses idées, qui s'envolèrent toutes à la fois quand il entendit les cris joyeux de ses compagnons qui jouaient dans la cour de l'église. Alors, il s'embrouilla tout à fait, ne reconnaissant plus ni le clavecin ni la musique, tellement qu'après six ou huit fautes grossières, M. Reuckin s'écria :

« Êtes-vous fou, monsieur ! ou vous moquez-vous de moi ? »

André tâcha de se remettre. Ce fut impossible : il se troublait de plus en plus.

« Attention donc, monsieur, attention ! »

Mais, loin de le ramener en bon chemin, ces mots ne faisaient que l'égarer davantage. Enfin, le maître l'arrêta :

« Voilà deux ans, monsieur, que je *me tue* pour vous apprendre quelque chose, deux ans que votre père, qui n'est pas riche, s'épuise pour me payer vos leçons. Vous n'êtes qu'un ingrat et qu'un paresseux; dès aujourd'hui j'en avertirai vos parents.

— Oh ! pardon, monsieur, dit André suppliant; au moins ne le dites pas à ma mère. Je travaillerai encore davantage.

— Ce n'est peut-être pas tout à fait votre faute, mais vous ne serez jamais musicien. J'entends les enfants de chœur qui montent prendre leur leçon, la vôtre est finie. Allez ! »

Et la troupe bruyante des jeunes garçons fondit dans la chambre de M. Reuckin ; et le pauvre André, les yeux rouges, le cœur gros, s'échappa vivement pour éviter les regards railleurs de ses amis.

Il se sentait fort embarrassé pour rentrer chez sa mère, qui lui demandait régulièrement ce qu'avait dit son maître. Que répondre cette fois! Il sentait qu'il ne pouvait se justifier de ses torts puisqu'il ne les connaissait pas.

«Oh! si j'étais comme Louis ou Roger, je pourrais promettre de bien travailler, sûr au moins de contenter mon maître autant que ceux qui travaillent pourtant moins que moi. Mais que dire?... mon Dieu! serai-je toujours ainsi?

Il était descendu tout rêveur au bas de l'escalier qui donnait dans l'église. Il s'y arrêta quelque temps, les deux mains serrées, le cœur plein de larmes. Puis il alla s'agenouiller aux pieds de la Vierge, dont la tendre expression l'attira. Il ne sentit en elle que de l'amour et de la pitié. Ses larmes coulèrent abondamment. « O sainte Vierge!... pour ma mère!... disait-il au milieu de ses pleurs; pour ma mère!....»

Son cœur gonflé se soulagea par des sanglots dont il n'avait plus de honte.

Après quelques minutes pendant lesquelles il oublie tout, excepté sa douleur, il réfléchit :

« Je le sens, dit-il, ce n'est que Dieu qui peut me donner ce qui me manque. J'ai treize ans et, depuis que je travaille, je n'avance pas; si Dieu ne m'écoute pas, je ne ferai rien. Mais s'il m'écoute !....

Il sentit une main se poser sur son épaule et, en relevant la tête, il rencontra les yeux d'une femme qui souriait et qui lui dit :

« Mon enfant, sois sûr que Dieu ne te refu-

sera rien le jour de ta première communion,
si tu le lui demandes avec ferveur. »

Et elle s'éloigna, le laissant dans ses ré-
flexions : il allait faire sa première communion
dans quinze jours.

Il quitta l'église et revint chez lui, où des
amis l'attendaient en jouant dans le jardin.
Mais il ne se mêla point à leurs plaisirs, et courut à sa mère inquiète, depuis long-temps, de
l'inexplicable tristesse de son fils.

« Mère, dit-il en l'embrassant, est-il vrai que
Dieu ne refuse rien à un enfant le jour de sa
première communion ?

— Rien, dit-elle, de ce qui est raisonnable
et juste.

— O quel bonheur, mère ! quel bonheur !
vous serez contente de moi ! »

Puis, sans écouter ses camarades qui l'appelaient au jeu, il courut s'enfermer dans sa
chambre, dont il ne sortit que le soir.

Quinze jours après, le plus beau jour de la
vie d'André se levait pur encore comme celui
où il avait invoqué la Vierge. Sa mère l'avait
béni en le conduisant à Saint-Pierre, où il s'é-
tait gravement mêlé à ses amis sentant moins
que lui peut-être la grandeur et la solennité de
cette journée.

Il s'agenouilla plein de ferveur lorsque l'élévation vint appeler toutes ces jeunes âmes à Dieu, et sa voix se perdit dans celle de l'orgue.

Il disait :

« Mon Dieu ! faites-moi mourir aujourd'hui que je suis si heureux, ou faites-moi honnête homme et bon musicien ! »

Quand son tour fut venu d'aller à l'autel, il ne baissa pas les yeux comme ceux qui l'avaient précédé ; il les leva avec espérance à la voûte de l'église, comme s'il eût entendu quelqu'un lui dire : « Dieu t'écoute ! »

Il sortit transporté quand la cérémonie fut achevée, et sa mère le ramena heureuse de tenir un ange par la main. En passant sur la grande place, une poutre, qui soutenait des échafaudages, se détacha et vint s'abattre sur la tête du pauvre André, qui tomba sans connaissance. Sa mère, passant de l'extrême bonheur à la douleur la plus affreuse, se précipita sur lui en poussant des cris de terreur. Les passants la plaignaient seule ; car, pour l'enfant, ou pensait qu'il n'avait plus besoin de secours.

Après une attente horrible pour cette mère, dont les yeux étaient fixés avec une fervente anxiété sur ceux de son fils, il entr'ouvrit les siens, et promena des regards étonnés sur ceux qui l'entouraient.

D'abord il reste muet et dans une sorte de stupeur; puis il joint ses mains tremblantes, et dit tout haut :

« Merci, mon Dieu ! puisque je ne suis pas mort, je serai honnête homme et bon musicien. »

On le crut fou. On le porta sur son lit, où, pendant trois jours, sa mère, à chaque instant,

pensa le voir mourir. Son crâne était tristement

mutilé et de minute en minute, sa bouche s'emplissait de sang. Bientôt, pourtant, il put se lever et descendre dans le jardin ; bientôt même, après les veilles et les prières douloureuses de sa mère, il reprit ardemment ses études.

Huit ans après, la ville de Liége courait en foule au-devant d'un jeune homme arrivant de Rome, après un succès musical qui avait placé son nom auprès des grands noms de l'Europe. Lorsqu'il parut, tous ses compatriotes crièrent d'une seule voix :

« Vive André Grétry! »

Son premier soin, après avoir embrassé sa mère, qui pleurait de bonheur, fut d'aller porter ses couronnes à l'autel de la Vierge.

TABLE.

❀

COMMENT ON DEVIENT HEUREUX.

UN VŒU D'ENFANT.